Elisabeth Klein · Und als die Zeit erfüllet war

Und als die Zeit erfüllet war

Vier Weihnachtsgeschichten

Erzählt von Elisabeth Klein

J. Ch. Mellinger Verlag, Stuttgart

4. Auflage 1991

Gesamtherstellung: H. Mühlberger GmbH, Gersthofen
ISBN 3-88069-276-9

INHALT

Die Geschichte vom guten Wirt

In einem großen, stattlichen Gasthaus lebte vor Zeiten ein Wirt, dessen größte Freude es war, Menschen aus aller Herren Länder aufzunehmen und gut zu versorgen. So war sein Gasthaus weit und breit berühmt. Dieser Wirt hatte drei Söhne, die er von Herzen liebte. Weil er aber reich war, konnte er seinen drei Söhnen eine gute Ausbildung zuteil werden lassen. Die Söhne waren sehr verschiedener Art, und jeder von ihnen durfte lernen, wonach ihm der Sinn stand.

Der älteste Bruder, der zarteste und klügste unter ihnen, wurde ein Baumeister. Der zweite, der besonders geschickt mit der Hand war und schon als Knabe mit dem Schnitzmesser hantiert hatte, wurde Zimmermann. Neben seinem Handwerk fing er an, den Holzhandel zu betreiben, denn er wußte im Handel seinen Vorteil auf gerechte Weise wahrzunehmen. Der dritte aber, der der größte und stärkste unter den Brüdern war, wurde ein Maurer. So lebten sie einige Zeit, nachdem sie ausgelernt hatten, im Hause ihres Vaters und jeder ging seinem Handwerk nach. Es war gut, daß sie ihre Arbeit hatten; denn da sie so verschieden waren, machten sie dem alten Vater und sich selbst durch vielerlei Streit das Leben sauer. Als sie nun groß geworden waren, reichte der Raum im Haus des Vaters nicht mehr aus, und da der Verkehr im Lande zugenommen hatte, mußten auch häufig Gäste abgewiesen werden.

Da beschlossen die drei Brüder, zusammen ein neues, eigenes Haus zu bauen, und dieses sollte in der Nähe des Gasthauses, aber etwas abseits von der Stadt stehen. Der Plan fand auch die Zustimmung des Vaters, da in dem neuen Haus in Notzeiten auch noch Raum für Gäste zu schaffen war, und er schenkte seinen Söhnen den Bauplatz. Mit großem Eifer machten sie sich an die Arbeit. Der älteste Bruder, der Baumeister, lieferte den Bauplan. Der zweite gab das Holz für den Bau und verrichtete die Arbeiten als Zimmermann. Der dritte aber war als Maurer tätig.

Die erste Zeit ging ihre Arbeit gut vonstatten. Aber allmählich entstanden Unstimmigkeiten zwischen den Brüdern, die den Bau sehr aufhielten. Das war so gekommen: Der zweite Bruder hatte eines Tages zu den beiden andern gesagt: „Gerechtigkeit muß sein. Wir arbeiten alle drei an dem neuen Bau in unserm Handwerk, du als Baumeister, du als Maurer und ich als Zimmermann. Ich habe aber außerdem das Holz für den Bau geliefert, und ihr werdet einsehen, daß ihr mir das Holz, das ich lieferte, bezahlen müßt." Gegen diese Rechnung war direkt nichts einzuwenden, und doch schien es, als wäre seit diesem Tag der Friede in der Arbeit gestört.

Auch zwischen dem ältesten und dem jüngsten Bruder entstand bald danach ein Streit. Der Baumeister schalt den Maurer, daß er nicht richtig nach seinem Plan bauen würde und daß er die schöne Form des Hauses in seinem groben Sinn überhaupt nicht zu begreifen imstande wäre. Der Maurer verteidigte sich und griff den Baumeister an: „Du verstehst dein Handwerk nicht", sprach er verächtlich, „denn der Untergrund des Hauses ist so, daß dein Plan falsch ist und nicht ausgeführt werden kann." Der Streit wiederholte sich, und harte Worte flogen hin und her. Bald glaubte der Baumeister, daß der Maurer ihm zum Ärger alle Maße verändere, der Maurer aber war überzeugt, daß der Plan des Hauses schlecht sei.

Als der alte Vater einmal mit auf dem Bauplatz war, erreichte der häßliche Streit seinen Höhepunkt. „Ich hasse dich, weil du so hochmütig mit deinen Zeichnungen auf dem Bauplatz herumgehst und selbst nicht mithilfst", sprach der Maurer zum Baumeister, und dieser erwiderte: „Und ich verachte dich, weil du so ein grober und unfähiger Geselle bist. Wir müssen einen anderen Maurer für das Haus suchen." Da ging der Maurer mit dem Hammer auf den Baumeister los. Der zweite Bruder aber sagte nur: „Wie ist es nun, habt ihr mir das Holz schon bezahlt?"

Der Unfrieden der Söhne hatte dem Vater das Leben schon oft schwer gemacht. Als er an jenem Tag solche Reden zwischen den Brüdern hörte, geriet er in gewaltigen Zorn. „Jetzt ist es genug", rief er. „Geht aus der Stadt und seht zu, ob ihr in der Welt Frieden halten könnt." Und im

Zorn verstieß er die drei Söhne aus seinem Haus und von seinem Bauplatz. „So wenig in diesem angefangenen Haus eine Familie leben kann oder ein Licht brennen kann", fuhr der alte Wirt in seinem Zorn fort, „so wenig kann einer von euch, die ihr euch so unwürdig betragen habt, zu mir in mein Haus zurückkehren." „Um so besser", riefen die drei Söhne trotzig, und da sie auch zornig waren, waren sie froh, daß sie auseinanderkamen, und machten sich gleich auf in die weite Welt.

Zuerst schien es, als ob sie alle drei Glück haben sollten. Der älteste wurde als Baumeister weit berühmt. Der zweite hatte ganz besonderen Erfolg mit seinem Holzhandel, so daß er ein reicher Mann wurde. Der dritte aber war bald an seinem Wohnort als zuverlässiger Maurer genannt und begehrt.

Die Söhne waren noch nicht einige Jahre aus dem Lande, da begannen den alten Vater die bösen Worte zu reuen, die er so im Zorn zu ihnen gesprochen hatte. Manchmal in der Abenddämmerung ging er zu dem unvollendeten Haus, dessen Dachsparren leer in den Abendhimmel ragten und dessen Mauerwerk immer mehr zerbröckelte. Es war schließlich Sitte geworden, daß die vorüberziehenden Händler ihre Tiere in dem Gebäude unterstellten. „Vielleicht kommt doch eines Tages einer meiner Söhne zurück", dachte der alte Vater und besah mit Sorge das Haus, das zum Stall geworden war. Aber dann fielen ihm seine eigenen Worte ein und daß er selbst die Rückkehr seiner Söhne in Frage gestellt hatte. Da nahm er sich vor, jeden Abend eine Laterne in den Stall zu stellen, damit die Söhne, wenn sie je zurückkämen, sehen sollten, daß ein Licht in dem Haus brennt und daß sie heimkommen können. So gewöhnte er sich an, jeden Abend zu dem Hause zu gehen und dort eine Laterne hinzustellen. Immer aber fand er sie gleich einsam und ausgebrannt am andern Tag wieder vor.

Da die Söhne so viel Erfolg hatten in dem, was sie einst lernten, hätte man meinen können, daß sie sich in der Fremde recht wohl fühlten und ihre alte Heimat und das Gasthaus des Vaters bald vergäßen. Aber es war anders. Trotz des Erfolges und trotz ihres Reichtums konnten sie gar nicht recht glücklich werden, und wenn sie sich in der Stille des Herzens fragten, warum sie nicht froh werden konnten, dann wußten sie die Antwort. Es war, weil sie Heimweh nach ihrem Vater hatten und doch nicht zurückkehren konnten, und auch, weil sie an die Brüder denken mußten, mit denen sie so viel Streit gehabt hatten. So entstand in dem Herzen eines jeden eine tiefe Sehnsucht nach den andern.

In dieser Zeit lernte der älteste Bruder einen Mann kennen, der bald sein Freund wurde und ein weiser und sternkundiger Mann war. Als der Baumeister diesen Freund einige Zeit kannte, vertraute er ihm an, warum er oft so traurig war. Und er zeigte ihm auch den Plan, den er damals für den Bau des Hauses gemacht hatte. Der rechenkundige Mann prüfte alles genau, und sie fingen an, zusammen zu arbeiten. Da lernte der Baumeister von dem Sternkundigen noch tiefer und ausführlicher die Geheimnisse des Goldenen Schnittes, die jeder rechte Baumeister kennen muß, die auch in dem Stern, der fünf Ecken hat, enthalten sind. „Wenn du nach diesen Maßen dein Haus baust, dann hat es die edelste Form, die es erhalten kann", so sprach der Mann zu dem Baumeister.. „Dein Bruder hatte recht", fügte er hinzu, „als er meinte, daß ein rechter Baumeister selbst mit Hand anlegen muß, wenn er auf dem Bauplatz ist und wenn er will, daß sein Werk gerät."

An diesem Abend arbeitete der Baumeister weiter und arbeitete auch die ganze Nacht hindurch und machte einen neuen Plan für das Haus. Das Haus sollte die Maße des Sternes haben.

In der gleichen Nacht hatte der Maurer einen seltsamen Traum. Ihm war, als stünde er mit seinen Brüdern auf dem alten Bauplatz, und er sah sich selbst mit der Kelle und dem Hammer klopfen und hantieren. Da hörte er eine Stimme, die sagte: „Du mußt nicht so grob klopfen. Sieh einmal, wie *wir* hämmern und mauern." Er legte sein Gerät nieder und schaute; da nahm er wahr, daß viele unsichtbare Hände mit an dem Bau arbeiteten. Denn der Bau wuchs, ohne daß irgendwelche Arbeiter dort zu sehen waren. Er lauschte angestrengt, und jetzt konnte er sogar den Takt hören, in dem die Geräte der unsichtbaren Helfer sich bewegten. Als er nun noch länger im Traum lauschte, ertönte zu dem Takt eine schöne Musik. Ganz zart und fein fing der Maurer an, in dem neuen Takt mitzuhämmern, und es war ihm, als ob sein grober Hammer immer feiner und kleiner würde, ja als ob er zuletzt zu einem schönen, zierlichen Goldhämmerchen würde.

Der zweite Bruder, der ein Zimmermann war, hatte keinen besonderen Freund gefunden, und er hatte auch keinen Traum, aber er lag wach in jener Nacht und mußte noch mehr als sonst an seine Brüder denken. Dabei mußte er so zu sich selber sprechen: „Oh, hätte ich doch damals meinen Brüdern das Holz geschenkt. Wie schäme ich mich, daß ich es nicht getan habe. Ich glaube, *ich* bin schuld daran, daß der Bau nicht zustande gekommen ist, den mein Vater sich so von Herzen ersehnt hatte, um noch mehr Gäste in einem noch besseren Hause aufnehmen zu können. Aber kann ich nicht, was geschehen ist, wieder gut machen?" Und er faßte in dieser Nacht den Entschluß, mit seinen Knechten und vielen Wagen das Holz zu dem Bauplatz seines Vaters zu fahren.

Der Baumeister hatte die ganze Nacht gearbeitet, und als es Morgen wurde, war sein neuer Bauplan fertig. Er nahm ihn unter den Arm und machte sich auf den Weg zu seinem Vater.

Der Maurer, als er von seinem Traum erwachte, mußte das Gleiche tun. Er nahm nur seinen Hammer mit und wanderte und wollte nicht eher aufhören zu gehen, bis er an dem angefangenen Bau war.

So machten sich alle drei Brüder gleichzeitig auf den Weg.

Gerade an diesem Tage hatte der alte Vater in seinem Gasthaus besonders viel zu tun. Der römische Kaiser Augustus hatte ein Gebot erlassen, daß jedermann aus diesem Land in seine Heimatstadt mußte, um sich zählen und sein Vermögen feststellen zu lassen. Die Herbergen waren überfüllt, und später als sonst kam er zu seinem gewohnten Abendweg, um das Licht in die Scheune zu tragen. Fast hätte er es an diesem Tage unterlassen, denn es war kalt, es wehte und schneite draußen, und die Hoffnung auf die Rückkehr der Söhne war schon fast geschwunden. Auch war er müde, und der Weg durch Wind und Schnee war sehr beschwerlich.

Aber die Liebe zu seinen Söhnen trieb ihn, doch zu gehen. Eben wollte er seine Laterne abstellen, da ertönte aus dem nächsten Gasthaus, das nur einige Häuser entfernt war, eine laute, scheltende Stimme. Er hörte, wie dort ein Mann und eine Frau von der Tür gewiesen wurden. Voll Mitleid trat er näher, und obwohl die Frau ärmliche Kleider trug, sah er, daß es eine wunderschöne Frau war, und er bemerkte auch, daß sie ein Kind unter dem Herzen trug. Sie rang die Hände und sprach ein Gebet um Hilfe, so daß er nicht anders konnte, als zu der Armen hinzutreten. „Ich habe auch keine Herberge für euch", sagte er ehrfürchtig, „aber wenn ihr mit einem Stall vorliebnehmen wollt, daß ihr wenigstens vor dem Schnee und Regen sicher seid, so könnte ich euch helfen." Die beiden willigten gerne ein, und er führte sie in das angefangene, schon zerfallene Haus. Er stellte seine Laterne nieder, und als er heimging, dachte er: „Nun ist doch eine Familie in das Haus eingezogen, das meine Söhne bauen wollten."

Es war kaum eine Stunde verstrichen, da langten die drei Brüder aus verschiedenen Richtungen in der Stadt an, und jeder machte sich gleich auf zu dem Haus, das er im Zorn und im Streit verlassen hatte.

Als der Baumeister sich dem Hause näherte, sah er, daß über dem Hause ein Stern leuchtete, der genau so war wie der Stern, nach dem er seine Zeichnung gemacht hatte. Er freute sich, und es dünkte ihn ein gutes Zeichen. Gleich breitete er seinen Bauplan aus. Wie erstaunte er aber, als er wahrnahm, daß in dem Hause Licht brannte und daß dort eine Familie mit einem kleinen Kind Herberge genommen hatte. Er trat in das Haus und fand dort seinen Bruder, den Maurer, der ihn damals mit dem Hammer bedroht hatte.

Der Maurer war an diesem Tag wie im Traum gewandert. Er hatte das Haus gesehen und das Licht im Haus und war eingetreten. Und gleich hatte er die Musik vernommen, die er schon im Traume gehört hatte. Der Baumeister zeigte dem Bruder den neuen Bauplan, und der Maurer sprach: „Diesen Plan kann ich verstehen. Komm und laß uns zusammen arbeiten." Der Maurer nahm den Hammer aus seiner Reisetasche, und der Baumeister schaute zu, wie der Bruder nun anfing, zart und leise zu arbeiten.

Der Maurer lauschte, und er hämmerte nach dem Takt, den er hörte. „Wie geschickt und schön du arbeitest", sprach der Baumeister bewundernd, und er zog selbst ein Hämmerlein und eine Kelle aus der Tasche und fing an, neben dem Maurer zu arbeiten.

Aber zuerst mußten sie die Werkzeuge noch einmal hinlegen und zu dem Ehepaar treten, das in dem Stall Wohnung genommen hatte. Sie hatten ein Kind, das lag in der Krippe, aus der sonst die Kamele und Esel fraßen, und ein Ochs und ein Esel waren auch in dem Stall. Die Brüder konnten nicht anders, sie mußten niederknien und das Kind anbeten, denn es ging ein leuchtender Schein von diesem Kinde aus. Sie erklärten den Eltern, daß sie das Haus fertigbauen wollten, damit das Kindlein und seine Mutter eine gute Herberge hätten. „Aber wo nehmen wir das Holz für den Bau her", so fragten die Brüder untereinander. Da trat der dritte Bruder herzu, und hinter ihm kamen seine Knechte mit den Fuhrwerken und brachten die Wagen voll Holz zum Tor herein.

Als der Zimmermann seine Brüder und das Kind begrüßt hatte, machte er sich auch gleich an die Arbeit. Das war ein seltsames Arbeiten in dieser Nacht! Die Säge kreischte nicht, der Hammer klopfte nicht, der Bohrer stöhnte nicht, und doch war es, als ob der Bau, von unsichtbaren Händen gefördert, weiterwüchse, so daß bald der nötige Raum für die Mutter und das Kind geschaffen war.

Der alte Vater, der gute Wirt, hatte an diesem Abend mit seinen Gästen viel zu tun gehabt. Als es schon spät war und er endlich fertig war, da fiel ihm das arme Ehepaar ein, das er in das zerfallene Haus eingelassen hatte. Da machte er sich noch einmal auf den Weg, um ihnen ein Abendbrot zu bringen.

Aber wie groß war seine Verwunderung, als er zu dem Hause trat und es ganz verändert fand. Und als er nun gar eintrat und seine drei Söhne dort friedlich und gemeinsam an der Arbeit sah, wollte er seinen Augen kaum trauen.

Die Söhne umarmten den alten Vater, und der älteste sprach: „Wir sind zu dir zurückgekommen, und wir wollen das Haus fertigbauen." „Es war ein Licht in dem Haus, und wir fanden eine Familie darin", sagte der Zimmermann. „Zuerst soll das Haus für diese Eltern und ihr Kind sein", bat der Maurer. Da kniete auch der Vater nieder vor dem Kind, von dem ein so wunderbarer Schein ausging. „Wie glücklich bin ich", so dachte er mit tiefer Dankbarkeit in seinem Herzen, „daß ich an diesem Abend das Licht in den Stall getragen habe."

Es dauerte nicht lange, so füllte sich das Haus mit Gästen. Es kamen Hirten vom Feld, denen ein Engel die Geburt des Kindes angezeigt hatte, und es kamen Könige aus fernen Ländern, die auch den Stern gesehen hatten, der über dem Haus leuchtete, und sich wie die Brüder auf den Weg gemacht hatten.

Alle waren Gäste des guten Wirtes, und jeder brachte ein Geschenk für das Kindlein mit, dessen Schein alle erleuchtete und erwärmte, die in das Haus eintraten.

Die Geschichte von den Hirten

Langsam wanderte der Hirte Witok an der Spitze seiner Herde. Obwohl er alt war, war seine Gestalt nicht gebeugt, aber sein langer Bart war grau und vom Wetter gebleicht wie die Wolle der Schafe. Der Schritt des Hirten war bedächtig und ruhig wie das Traben seiner Herde, und das Traben der Herde war wie der Schritt des Hirten.

Jetzt, da es warm wurde, hatte der Hirte die Decke aus Schafwolle, die ihn sonst umhüllte, auf den Rücken eines der Esel gepackt, die der Herde folgten und die wenigen Habseligkeiten des Hirten trugen. Ein lederner Gürtel hielt das Hemd des Hirten zusammen, in der Rechten trug er den Hirtenstab, in der Linken ein Lamm, dem ein Dorn den Fuß verletzt hatte. Das Lamm ruhte auf der ziegenledernen Tasche, die dem Hirten an der linken Seite hing.

Als die Schafe müde wurden, nahm der Hirte seine Flöte aus der Tasche und blies eine langsame, ruhige Weise.

Da wurden auch die Hütejungen und die Hunde still, die sich vorher lachend und balgend um die Herde getummelt hatten. Da die Schafe satt und friedlich waren, sprang selten eines aus der Reihe, aber wenn es geschah, war noch schneller der Wurf mit dem Stein aus der Schleuder, so daß jedes gleich wieder in die wandernde graue Reihe zurückkehrte. Heute gab es kein Wasser für die Tiere, denn das Gras war jung und saftig. Wasser gab es in solcher Jahreszeit nur jeden zweiten Tag. Aber man mußte vor dem Abend die Hürde erreichen, denn jetzt, da man ins Gebirge wanderte und die Schafe eben geschoren waren, folgten die Raubtiere dem Wege der Herde.

In der Dämmerung kamen sie an ihr Ziel, und einen Steinwurf von der Hürde entfernt hielt der Hirte. Vorsichtig setzte er sein Lamm nieder und blieb stehen. Die Schafe liefen zuerst weiter, schauten dann verwundert zurück und blieben danach auch stehen. Sie umringten den Hirten und rieben ihre breiten Nasen an der vertrauten Gestalt. Dann zerstreuten sie sich langsam, um noch ein wenig zu äsen. Auch den Eseln wurde die Last abgenommen, und sie weideten mit den andern Tieren. Töpfe und Decken, der einzige Hausrat der Hirten, lagen am Boden. Wer wollte, holte sich einen Schluck aus dem Ziegenbalg, in dem die saure Milch mitgenommen worden war.

Während die Hütejungen die Schafe molken, ging der Hirte Witok von Schaf zu Schaf. Er prüfte, ob all die kleinen Wunden, die die Schur verursacht hatte, gut geheilt waren, und strich da und dort Salbe, mit Wein gemischt, auf die kahlen Leiber.

Danach saß der alte Hirte allein auf erhöhter Stelle und schaute hinunter auf das Tal von Bethlehem, das sie verlassen hatten, und auf die Stadt, die auf einer Anhöhe lag, und die öden Berge Judäas dahinter.

Als die Tiere gemolken waren, füllten die Knaben einen zweiten, leeren Ziegenbalg mit Milch. Einen andern Teil der Milch brachten sie mit Lab zum Gerinnen, trennten durch ein Sieb aus Palmgeflecht die Molke vom weichen Käse und breiteten diesen danach im Freien zum Trocknen aus. Dann aßen sie zusammen. Jetzt gab es noch getrocknetes Fleisch, Gerstenbrot und Feigen. Wenn man höher ins Gebirge kam, würde die Kost karger werden.

Nach dem Essen wurden die Schafe gezählt und in die Hürde getrieben. Während der erste Mond nach dem Passahlamm heraufzog und die Landschaft in ein unwirkliches Licht hüllte, saßen die Hirten am Feuer, das sie entzündet hatten, um die Raubtiere zu scheuchen. Zu dieser Stunde erzählte der alte Hirte den lauschenden Buben täglich die großen Geschichten des jüdischen Volkes, von David und Saul, von den Richtern und Propheten und von dem Messias, der im jüdischen Volk geboren werden sollte. Als der Hirte geendet hatte, saßen die drei noch ein wenig zusammen und schauten in die Glut. Dann stand Lamo auf, holte die Schlafdecken, breitete sie unter dem Dach aus und legte sich zum Schlafen nieder.

Sedo saß nun allein bei dem Hirten Witok, seinem Großvater. „Ich will auch einmal etwas Großes werden, Großvater", sagte er leise. „Ich will nicht immer bei der Herde bleiben. Ich will dem großen König dienen, der in unserm Volk geboren wird." „Der König wird zuerst ein Kind sein", antwortete der Alte. „Und dann wird er ein Hirte werden, der sein Volk weidet."

„Großvater", sagte Sedo, nachdem er eine Zeitlang geschwiegen hatte, „die Hütejungen vom Gallus sagen: Du bist alt und dumm. Du redest immer vom Himmel und den Propheten, aber es gibt keinen Himmel, sagen sie, nur Schnee und Regen und Wetter und dörrende Hitze." „Sie haben recht", antwortete Witok, „denn der Himmel ist uns verdeckt, und es gibt nur Schnee und Regen jetzt, und Wetter und dörrende Hitze. Aber einmal wird der Himmel wieder offen sein." — „Siehst du hier das Feuer?" sagte er, plötzlich lebhaft geworden. „Natürlich, Großvater!" Nun hielt Witok eine Decke vor das Feuer. „Siehst du es jetzt auch noch?" fragte er. „Nein", sagte Sedo, „ich sehe nur die Decke." — „Aber du weißt, daß das Feuer da ist?" — „Ja, Großvater." „Schau, so sicher weiß ich, daß es die Engel im Himmel gibt." Jetzt nahm der alte Hirte die Decke wieder weg. „Und so, wie ich jetzt die Decke wegnehme, so wird einmal der Vorhang vom Himmel weggezogen werden, und der Himmel wird offen sein. Dann werden wir die Propheten und Engel sehen und den Messias, der vom Himmel auf die Erde kommen soll." „Glaub es nur, Sedo", setzte er hinzu, als der Knabe ihn mit großen Augen anschaute. Der Großvater fuhr ihm leise über den Kopf. „Ich muß groß und stark werden, daß ich dem Messias dienen kann, wenn er das Land erobert", rief Sedo mit leuchtenden Augen. „Das wirst du schon bei den Schafen. Leg dich jetzt nieder, Bub, wir brechen morgen früh auf." Sedo wünschte Gute Nacht und ging unter das Dach. Er wickelte sich in seine Decke, denn es war noch empfindlich kalt in den Nächten, und bald war auch er eingeschlafen.

Bevor aber der Hirte Witok sich niederlegte, prüfte er Wind und Sicht und ging mit dem Hund noch einmal um die Hürde. Dann stand er eine kurze Zeit still und sah auf die Schafe nieder, die dichtgedrängt in der

Hürde lagen. Er hatte die Hände gefaltet, und seine Lippen murmelten leise den Abendsegen.

Er selber lag nachts nie unter dem Dach, sondern immer bei den Schafen und ihrem warmen Dunst. Die Schafe schliefen nicht, sondern wiederkäuten und lagen mit großen gläsernen Augen da, wie wohl auch Vögel ohne Bewußtsein von Zeit und Lust auf dem Nest sitzen und ihre Eier durch die Wochen ausbrüten.

So wanderten die Hirten jeden Tag mit der Herde. Am nächsten Tag wurde es abwechslungsreicher für die Buben. Sie trafen am Abend nach langem Weg an der Tränkestelle ein und fanden dort schon die Herde des Gallus vor, dem sein Weg von der andern Seite her durch das Los zugeteilt war. Die beiden Hirten hoben den schweren Stein von der Zisterne. Die Hütejungen ließen den Eimer hinunter und zogen ihn hurtig empor. Zu dieser Zeit war noch reichlich Wasser im Brunnen. Die Hirten tränkten zuerst die Schafe und stillten danach mit den Knaben den eigenen Durst.

Gallus redete wenig und blickte finster drein, wie er es oft tat. Er schwieg auch beharrlich, als die beiden Hirten abends am Feuer saßen. „Du wirst reiche und gute Wolle gehabt haben", sagte Witok, um den andern zu ermuntern. „Genug für dieses Jahr", antwortete Gallus einsilbig und hing weiter seinen Gedanken nach. „Es ist doch immer nur *seine* Wolle, die gelobt wird, weil sie besser halten soll als unsre, als ob hier nicht alle Schafe das gleiche Futter hätten", murrte er innerlich. Der Neid auf den alten Hirten, den alle verehrten, fraß an seinem Herzen. Gallus war stark und jung und wollte sich hervortun. Aber überall kam ihm Witok dazwischen. War es denn zu glauben, daß er jedes Jahr ein Teil Lämmer mehr hatte als die beiden andern Herden? Wo sollte er es mit ihm aufnehmen? Den Wolf und die Schakale schlug der Alte noch so gut wie er.

„*Sie* will nicht, weil du nicht willst", stieß er schließlich zwischen den Zähnen hervor. „Ich kenne dich, Alter." — „Lea muß allein ihren Weg finden", antwortete Witok still. „Bedränge sie nicht. Um so besser wird es für dich werden." — „Sicher hast du schon einen andern, einen Reicheren", höhnte Gallus, „wo sie doch alle einen Gott in dir sehen." „Gib Frieden, Gallus", bat Witok. „Lea ist noch jung. Warum sollst du sie nicht haben. Überlaß es der Zeit und dem Werden."

Wie die Männer ihren Hader austrugen, so stritten auch die Knaben untereinander. „Unser Hirte ist doch der König von allen", sagten Sedo und Lamo. „Ein Schafkönig!" spotteten die andern. „Besser wäre es, er hätte Geld wie Crispus oder Kraft wie Gallus, den muß man loben", meinten seine Hütejungen. „Wir hörten schon, daß er euch mit Kraft verdrischt", lachten die ersten, und keiner blieb dem andern etwas schuldig. Aber jeder wußte, daß Witok am meisten im Lande galt, fast wie wenn er ein Prophet wäre, wie es solche früher gegeben hatte. Auf jeden Fall aber wandten sich alle an ihn, wenn ein Streit zu schlichten war oder ein Unglück gutzumachen.

So wanderten die Hirten Tag für Tag. Sie fanden sich an den Tränkstellen und Hürden, und sie trennten sich wieder. Das Leben war anstrengend genug. Denn in der Nacht wurden sie oft durch Wölfe und Schakale beim Schlaf gestört, und am Tag ließen die Raubvögel der Herde keine Ruhe.

Es ging auf den Sommer zu. Der Westwind, der Nebel und Feuchtigkeit gebracht hatte, legte sich langsam. Immer heißer und länger wurden die Wege im Gebirge und immer kärglicher das Futter für die Schafe. Die Lämmer waren nun schon größer und selbständiger geworden. Bald wird sich bei der Woll- und Schafschau in Bethlehem entscheiden, welche bei der Herde bleiben. Immer kürzer wurde die Rast. Dann schliefen die Buben wohl auch am Tag eine Stunde erschöpft ein, aber der alte Hirte hütete die Herde. Oft sah man die stattliche Gestalt, unbeweglich, wie aus Stein gemeißelt, auf einer Anhöhe sitzen, das große, edle Haupt klar gegen den Himmel abgezeichnet. So hielt er Wache über die Schafe und, so fühlte er, hielt er auch Wache über das Land, das er liebte, und wußte die Schafe neben sich und den Himmel über sich.

Auf den Kreuz- und Querwegen näherten sie sich im Spätsommer wieder der Stadt. Der alte Hirte schlief nachts wieder zwischen seinen Schafen, die eng gedrängt hinter dem dornbewachsenen Steinwall lagen. Witok hatte einen leisen Schlaf. Er erwachte daran, daß das Leitschaf die Schnauze an seiner Schulter rieb, und kaum war er wach, so hob auch der Hund den Kopf und jaulte leise. Beide lauschten angestrengt in die Nacht. Auch das Schaf blickte suchend nach jener Seite.

Da stand Witok auf und sagte den Hütejungen Bescheid. Er nahm den Hund an den Riemen und seine stachelbewehrte Keule in die Hand. Vorsichtig trat er aus der Hürde. Nach dem Hinaustreten wälzte er den Stein wieder vor die Hürde und folgte rasch dem Hund. Jenseits des Hügels hörte er Rufe und sah im Mondlicht eine Gestalt. Ein Wolf und hinter ihm zwei Schakale umkreisten diese, die jetzt laut um Hilfe rief und ihren Stab schwang. Die Behendigkeit, wie sie der alte Hirte jetzt zeigte, hätte ihm niemand zugetraut. Während der Wolf zum Sprung ansetzte, hatte der Hirte ihn schon mit dem Stein zwischen die Augen getroffen. Der Hund aber verjagte die Schakale. Der Wolf sprang noch einmal auf, aber Witok tötete ihn mit der Keule.

Jetzt erst konnte er sich dem nächtlichen Wanderer zuwenden. Zitternd an allen Gliedern, stand sein Enkelkind Lea vor ihm, und er schloß sie in die Arme. „Du bist es?“ fragte er überrascht. „Wie konntest du in der Nacht allein gehen?“ — „Großvater, unsere Wolle ist vertauscht! Ich mußte doch gleich kommen und es dir sagen.“ Witok führte die Erschöpfte zur Hürde und labte sie mit Milch und Brot. Und Lea erzählte: „Ich hatte die Wolle gewaschen. Sie lag über Nacht am Fluß. Am andern Morgen war meine Wolle nicht mehr da, sondern andere Wollballen, die ich nicht gewaschen hatte, lagen an der gleichen Stelle. Nun mußte ich diese Wolle in unsere Wollkammer legen.“

Man muß wissen, daß die Schafwolle an den Besitzer der Herden abzuliefern war und nur der Teil, der dem Hirten zukam, mit dem Erlös für einen Teil der Jungschafe sein einziger Verdienst waren. Die Wolle wurde in Bethlehem von den Frauen der Hirten gewaschen und gekämmt. Mit Witoks Wolle hatte es aber noch etwas Besonders auf sich. Er gab seinen Schafen Würzen in ihren Trank und behauptete, daß dadurch seine Wolle seidig sei und besser hielte als andere Wolle. Denn auf das, was sein

Handwerk war, war Witok stolz, so friedlich er sonst war. Tatsächlich hatte er immer mehr Wolle als die andern Hirten, und seine wurde am besten bezahlt.

„Tröste dich", sagte Witok, als das Mädchen sich beruhigt hatte. „Ich kenne meine Wolle, und kein anderer kennt sie. Ich finde unsere Wolle wieder, wenn sie zum Verkauf ausliegt." — „Ich kenne sie auch", dachte das Mädchen bei sich, „habe ich doch einen rötlichen Faden, der mir beim Weben abfiel, durch unsere Ballen gezogen." Aber sie scheute sich, das dem Großvater zu sagen.

Am andern Morgen sollte Sedo die Schwester in die Stadt zurückbegleiten. „Der Honig ist so reich wie nie in diesem Jahr", sagte Lea beim Abschied und gab dem Großvater eine Wabe. Zögernd zog sie noch eine zweite aus ihrer Tasche. „Gib sie dem Hirten der andern Herde", bat sie und machte sich schnell auf den Weg.

Sonst hatte jeder Tag den gleichen Verlauf: das Wandern und Äsen, das Trinken und Ruhen, das Kämpfen mit den Raubtieren, ein Lied am Abend und ein Wort am Feuer.

Erst im September, wenige Tage vor der Wollschau, kamen Hirten und Herden wieder nah an die Stadt. Es war schon sehr heiß geworden. Die Herde lagerte länger als sonst. Das einfache Mahl aus Feigen, Brot in Öl getunkt und Milch war längst vorüber. Aber keiner hatte Lust, aufzustehen. Der glühende Ostwind dörrte die Kehlen aus. Die Schafe lagerten müde und freßunlustig im Schatten der kümmerlichen Dornbüsche der Halde. Nur die wenigen Ziegen, die die Schafherde begleiteten, strichen noch umher und schnupperten da und dort. Sogar die Hunde lagen müde im Staub, und ihr Gebell war verstummt. Schleuder und Schlinge ruhten. „Wir sollten endlich aufbrechen, um nicht die letzten beim Wasser zu sein", brummte Lamo. „Ach was", sagte Sedo, „du weißt doch, daß der Großvater gar nicht der erste sein will. Auch wenn wir zuerst kommen, läßt er alle anderen zuerst ans Wasser." — „Und so kommen wir drei immer zuletzt dran", murrte Lamo. — „Laß den Großvater", sagte

Sedo streng, „du weißt, daß er der beste Hirte ist." — „Aber ich habe Durst", sagte Lamo, „und sonst will ich nichts wissen", und wälzte sich auf die andere Seite.

Auch dieser Tag wurde überstanden, und nun war man wieder in Bethlehem. Die Herden lagerten abseits in den großen Hürden, die Lämmer in kleineren für die Lammschau. Auch schwache und kranke Schafe, die zum Schlachten bestimmt waren, hatten ihr eigenes Gehege.

Im sonst so stillen Städtchen war reges Leben. Die Wollhändler waren da und auch die Metzger. Alte Schafe sollten aufgekauft werden und Lämmer, die nicht kräftig genug waren. Sie sind jetzt alt genug, man kann sehen, was sie taugen. Außer seinem Anteil an Wolle gehört jedes siebte Schaf dem Hirten. Die Hirten hatten ein freudearmes, dürftiges Leben, und die Wollschau war einer der wenigen Festtage des Jahres. Aber trotz der Festtagskleider war die Stimmung gedrückt. Wer sollte die neue Steuer bezahlen, die der römische Steuerpächter ausgeschrieben hatte? Die reichen Herdenbesitzer würden die Lasten gewiß auf die armen Hirten und Wollweber abschieben, die schon kaum ihr Leben fristen konnten.

Die Hütejungen waren als erste zur Stelle. Sedo und Lamo trugen die Kleider der Weide, da sie noch nicht ein Jahr im Dienst waren. Ein neues Gewand gehörte außer Milch und Brot zum Jahreslohn. Lamo schaute bekümmert auf sein geflicktes Hemd. „Tröste dich", sagte Sedo. „Wenn der neue König kommt, werden wir reich, und uns Hirten wird er zuerst bedenken." „Ich hätte lieber ein neues Gewand als deinen neuen König", meinte Lamo; aber dann sprangen doch beide vergnügt zum Marktplatz.

Crispus, der reiche Hirte, dem die drei Herden Bethlehems gehörten, ging mit den Händlern an den Teppichen entlang, auf denen die gekämmte Wolle zur Schau lag. Nachdem Witok die eigene Wolle ausgebreitet hatte, ging auch er langsam die Reihen entlang. Er fand, was er suchte. Lange schaute er auf zwei Ballen, die Gallus ausgelegt hatte. Dort lag seine Wolle. Er erkannte sie an dem Glanz. Er erkannte sie, weil es seine

Wolle von seinen Schafen war. Witok schaute die Wolle lange an. Und dann schaute er Gallus an. Aber er sagte nichts. „Warum hört Gallus nicht auf mich, wenn ich ihm die Geheimnisse der Wolle sage?“ fragte er sich bekümmert. „Dann hätte er so schöne Wolle wie ich.“

Als er weiterging, war Lea stehengeblieben. Sie erblaßte. Denn sie sah in dem Ballen von Gallus den Faden, den sie in ihre Wolle gelegt hatte. Wie konnte das sein? Sie mußte schnell handeln, denn der Großvater durfte nicht merken, daß Gallus seine Wolle hatte. Sie mußte den Faden herausziehen. „Es ist mein Faden“, sagte sie leise, als sie sich bückte und Gallus ihr zusah. Sie blieb aber nicht bei Gallus stehen, wie sie es sonst getan hatte, sondern ging langsam weiter, und Gallus stand bei seiner Wolle und schaute ihr nach.

Inzwischen waren die Händler mit Crispus an den Teppich getreten. Die Wolle wurde gewogen, und es zeigte sich, daß Gallus einen besonders hohen Ertrag hatte. Crispus freute sich an der Fülle von Wolle, die Gallus hatte. Und als die Händler sie durch die Finger zogen, zahlten sie einen hohen Preis. „Bald kannst du es besser als Witok“, sagte Crispus lobend, so daß alle Umstehenden es hören konnten. „Witok wird alt. Du bist jung.“

Crispus war durch seinen Reichtum geizig geworden. Als Witoks Wolle gewogen wurde, erboste er sich. „Du hast etwas für dich behalten, Alter“, sagte er wütend. — „Mit Witok kannst du nicht so reden“, sagte laut eine Frau. „Schweig!“ rief Crispus dagegen. „Jedes Jahr waren es viele Lot mehr als diesmal, und Witok verdreht euch nur die Köpfe. Soll das alle Wolle sein?“ brüllte er weiter, da Witok schwieg. Die Zuschauer murrten, aber alle hatten Angst, da Crispus mächtig war und auch mit dem römischen Richter auf gutem Fuße stand. „Herr, die Wolle ist nicht schlecht“, sagte Witok jetzt ruhig. „Nehmt euch noch ein Lamm von meinen dazu, damit ihr nicht zu Schaden kommt.“ — „Spitzbuben und Räuber seid ihr alle“, sagte Crispus erbost. „Du hast sicher Wolle hinter meinem Rücken verkauft.“ Aber er eiferte nur noch scheinbar weiter. Die

Aussicht, ein schönes Lamm zu bekommen, das viel mehr wert war als die Wolle, besänftigte ihn.

Witok zeigte seine Lämmer. Ein Teil war für den Herrn zum Verkauf, ein Teil war von seinen eigenen Schafen. Dann hatte er die Lämmer für den Herrn, die aufgezogen werden sollten, und die Lämmer, die ihm zustanden. Crispus rief den Metzger, und sie handelten. Es zeigte sich, daß Witok die meisten und schönsten Lämmer hatte, wie es jedes Jahr gewesen war. Mit erfahrenem Blick musterte Crispus die Lämmer des Hirten. „*Das* Lamm will ich für die Wolle haben", sagte er und deutete auf ein gutgewachsenes Tier. „Herr", antwortete Witok sanft, „dieses Lamm kann ich euch nicht geben. Es kann nicht bei euch gedeihen, und meine Herde gedeiht nicht, wenn ich es nicht habe. Es ist das Lamm von meinem Leittier." — „Du willst dir nur das beste nehmen", eiferte Crispus. Witok stellte sich schützend vor das Tier, als der Metzger es herausnahm. „Ach", rief Crispus jetzt spottend, „es ist ein Zauberschaf! Das Schaf führt Witok, nicht Witok die Schafe", rief er höhnisch in die Menge, die dem Schauspiel zusah. „Der Himmel wird es euch vergelten, gebt acht, Herr", sagte Witok und gab nach. — „Es gibt keinen Himmel, du Träumer", rief Crispus, der immer aufgebrachter wurde; „es gibt den Steuerpächter und die Erde und Schafe und Wolle. Und jetzt geh mir aus dem Weg, daß ich nicht den Richter hole!"

Die Hitze war inzwischen unerträglich geworden. Die Stimmung war verdorben, und Crispus brach früh mit seiner Herde auf, in die er das Schaf des Hirten eingereiht hatte. Man wußte, daß er an die vorderen Hänge des Gebirges Juda wollte, die an schattigen Stellen noch einiges Gras hatten. Crispus selbst wanderte immer mit der dritten Herde. Er hatte die besten Weideplätze. Gallus und Witok sahen ihn sonst selten.

Witok ging hinter Crispus her. „Geht nicht, Herr", mahnte er. „Das Wetter ist nicht gut. Das Wasser kann kommen und euch überfallen." — „Das sagst du nur, weil du dein Schaf hierbehalten willst", antwortete Crispus. „Sogleich brechen wir auf!"

Und die Herde des Crispus zog am gleichen Abend noch weit in das Flußtal hinauf. Der Fluß, der im Frühling so viel Wasser geführt hatte, in dem man die Wolle gewaschen hatte, war jetzt öde und ausgetrocknet. Hirten und Herde lagerten nachts in dem Flußbett, da sie dort den besten Schutz vor Raubtieren hatten. In dieser Nacht aber wurde die Herde von einem Gewitter überrascht, wie es selten in Palästina vorkommt, dann aber um so schrecklicher wütet. Die Wasser stürzten von den Bergen. In kurzem verwandelte sich das trockene Flußbett in einen reißenden Strom, der alles mit sich riß. Crispus und die Hütejungen rannten, als sie von dem Donner aufgewacht waren, eilends umher, um zu retten, was zu retten war. Schon trieben Schafe den Strom hinab. Einen Teil der Herde konnte man glücklicherweise auf den nahen Hang retten. Aber die meisten Schafe waren in blinder Angst in die falsche Richtung gerannt, bis der Fluß sie mit sich riß.

Mitten im Wasser sah Crispus das Schaf, das er dem Witok genommen hatte. „Das Lamm will ich noch retten", schwor sich Crispus und ging mit raschen Schritten in die Flut. Er mußte aber sein Vorhaben aufgeben, da der Boden schlüpfrig war und er selbst mitgerissen zu werden drohte.

Witok war nach dem Streit zu seiner Herde gegangen, aber eine große Unruhe erfüllte sein Herz. Er hatte Sorge um die Herde des Crispus. Als die Nacht kam, wanderte er langsam das Flußtal hinauf. Er wartete und war wach, als das Wetter hereinbrach. Bald sah er tote Schafe den Fluß heruntertreiben. Da kam auch eines, das noch lebte, da es auf einem Erdklumpen mit Gesträuch, den das Wasser abgerissen hatte, dahertrieb. Witok erkannte das Schaf gleich und barg es von einem Felsvorsprung aus. „Da bist du ja wieder", sagte er zärtlich; „ich wußte ja, daß du wieder zu mir zurückkommst. Jetzt können wir unsern Weg antreten."

Am Morgen, als das Wetter sich gelegt hatte, zog Witok in der ihm bestimmten Richtung ins Gebirge. Und wieder ging er der Herde voran und hatte ein Lamm in seinem Arm.

Das alles war im September gewesen. Erst im Dezember, als die Herden ins Tal mußten, kamen die Hirten wieder zurück nach Bethlehem. Gallus und Witok trafen sich nicht fern der Stadt, und ihre Herden lagerten in großen Hürden, und die Hirten hüteten des Nachts ihre Schafe. Es war kalt, und die Luft war von feinen Schneekörnern erfüllt, wie es für diese Zeit des Jahres ungewöhnlich früh war. Denn es gab in anderen Jahren nur im Januar und Februar Schnee.

Seit der Wollschau hatten sich Gallus und Witok nicht mehr gesehen, und Gallus hatte seinen Kummer mit sich getragen. Er hatte sich aber vorgenommen, diesmal mit Witok zu sprechen. Er saß anders als sonst am Feuer, das merkte Witok gleich. „Du warst immer der erste, Witok", fing Gallus leise an. „Ich war immer hinter dir. Das ist schwer für einen Mann. Ich wollte auch einmal die beste Wolle haben und habe sie nicht zurückgegeben, als sie durch ein Versehen vertauscht war." „Ich wußte es doch", sagte Witok gütig. „Ich schenke dir die Wolle gern. Es sind unsere Schafe, meine und deine." — „Mein Teil dieser Wolle trage ich seither immer mit mir, um es dir zu geben. Nimm die Wolle zurück", sagte Gallus. — „Nun sollst du sie behalten. Ich schenke sie dir. Jeder tut einmal so etwas", fuhr Witok gütig fort, „bis er den Frieden gefunden hat." — „Aber Lea hat es gemerkt, das ist das Schlimmste", sagte Gallus, „und mit der Wolle habe ich sie verloren." „Wer weiß", meinte Witok, „wenn sie dich liebhat, wird sie das auch verstehen." Nach dieser Versöhnung gaben sich die beiden Hirten die Hand, und Gallus legte sich zur Ruhe.

Witok umwanderte wie immer abends die Herde. Er war an diesem Abend von einer seltsamen Unruhe erfüllt und ging mit dem Hund noch ein Stück abseits, obwohl ein heftiger Wind aufgekommen war, der dem Wanderer den Schnee ins Gesicht trieb. Es war ihm, als ob er jemand erwartete. Auch der Hund lauschte. Sie spähten zusammen in die Nacht und den fliegenden Schnee. Da sahen sie plötzlich zwischen dem Schneetreiben die undeutlichen Umrisse eines Reiters, der auf einem Esel durch die Nacht trabte. Der Mann hing nur halb im Sattel, und das Tier lief rasch. Der Hund bellte, und Witok rief laut. Da wandte sich der Esel ihnen zu. Sie erkannten Crispus, der halb erstarrt und zur Seite gesunken auf dem Rücken des Esels hing. Witok brachte den Erschöpften zur Hürde und pflegte ihn, bis er wieder bei Kräften war. Gallus war auch aufgewacht, und die drei Hirten saßen zusammen am Feuer und wärmten sich.

„Ich wollte zu euch", sagte Crispus, „und habe mich im Unwetter verirrt. Was wäre geschehen, wenn du mich nicht gefunden hättest, Witok? — Aber was wolltest du da draußen in der Nacht?" — „Herr, mein Leitschaf und der Hund zeigten mir an, daß ich euch suchen mußte." — „Bald muß ich es selber glauben, was die Leute von dir sagen, Witok", meinte Crispus und schüttelte den Kopf. „Damals bei der Wollschau habe ich dich nicht gut behandelt." — „Es ist nichts, Herr", antwortete Witok. „Wir haben Frieden. Und vielleicht ist es eine besondere Nacht, weil ich euch fand."

„Aber, Crispus, was wolltest du so spät von uns in der Nacht?" fragte jetzt Gallus. „Ich wollte dreißig Schafe haben und glaubte, euch gleich zu finden. Es ist ein großes Treiben in Bethlehem", fuhr er fort. „Von allen Seiten kommen Leute, um sich schätzen zu lassen, denn der Kaiser Augustus hat ein Gebot getan, daß jedermann sich in seiner Heimatstadt schätzen lasse. Es ist kein Raum mehr in den Herbergen, und es fehlt an Fleisch und Brot. Heute kann man die Schafe teuer verkaufen."

Er hatte noch nicht ausgeredet, als noch jemand zu der kleinen Gruppe kam. Es war Lea, die den Weg im Dunkeln gefunden hatte. „Ich mußte dich finden, Großvater", sagte sie, „denn unser Lamm war anders als sonst heute Nacht. Es schlug mit dem Kopf immer wieder an die Tür des Stalles, als ob es mich rufen wollte. Und dann führte es mich hierher."

„Was für ein Lamm ist es denn?" fragte Crispus. „Es ist *mein* Lamm", antwortete Witok, „der Herr hat es mir zurückgegeben." Nun erfuhr Crispus, daß Witok in jener Gewitternacht sein Lamm im Fluß gerettet hatte. „Ich hatte es ins Gebirge mitgenommen", erzählte Witok, „mußte es aber später heim in den Stall bringen, denn die Fahrt im Wasser hat ihm nicht gutgetan." — „Ich bin müde", sagte Crispus jetzt, „und möchte schlafen. Hier ist es friedlich. In der Stadt war es laut und viel Streit um die Tiere und den Raum in der Herberge."

So waren in dieser Nacht die drei Hirten mit den Hütejungen und Lea zusammen, wie es sonst selten vorkam. Keiner hatte etwas dagegen, daß Witok vorher noch die Worte des Abendsegens sprach: „Das Volk, das im Finstern wandelt, sieht ein großes Licht. Und über die, die da wohnen im finstern Lande, scheint es hell. Du machst des Volkes viel. Du machst groß seine Freude. Vor dir wird man sich freuen, wie man sich freut in der Ernte, wie man fröhlich ist, wenn man Gaben austeilt. Denn uns ist ein Kind geboren, ein Sohn ist uns gegeben, und die Herrschaft ist auf seiner Schulter. Und er heißt: Wunderbar, Rat, Kraft, Held, Ewig-Vater, Friedefürst."

Nach diesen Worten aus dem Propheten Jesaias legten sie sich nieder, und endlich waren alle eingeschlafen und lagen zwischen den Schafen hinter den Hürden. Keiner merkte, daß das Schneetreiben aufhörte und der Himmel langsam ganz klar wurde. Ein großer Stern stand am Himmel, und über dem Himmel lag ein heller Glanz.

Witok erwachte als erster. Er hörte Stimmen und schaute in den Himmel hinauf. Er sah gleich, daß das große Ereignis eingetreten war, auf das er sein Leben lang gewartet hatte. Neben ihm hatte sich Sedo aufgerichtet. „Großvater", rief er, „die Decke ist weggezogen! Der Himmel ist offen. Schau nur!" — „Die Engel haben das Kind zur Geburt begleitet. Es wird ein Hirte sein und ein König", sagte Witok feierlich. „Lausch, Kind!"

Und sie sahen Engel am Himmel und hörten die Stimmen von Engeln, die sangen und sprachen: „Fürchtet euch nicht! Siehe, ich verkündige euch große Freude, die allem Volke widerfahren wird. Denn euch ist heute der Heiland geboren, welcher ist Christus, der Herr in der Stadt Davids. Und das habt zum Zeichen: Ihr werdet finden das Kind, in Windeln gewickelt und in einer Krippe liegen." Und alsbald war bei dem Engel die Menge der himmlischen Heerscharen, die lobten Gott und sprachen: „Ehre sei Gott in der Höhe und Friede auf Erden und den Menschen ein Wohlgefallen." (Nach dem Evangelisten Lukas.)

Der alte Hirt stand auf und weckte die andern. „Wir Hirten müssen das Kind zuerst begrüßen, denn König David ist auch ein Schafhirte gewesen", sagte er zu Sedo. Als Gallus zu sich kam, erzählte er einen Traum, den er gehabt hatte: „Ich träumte von einem Engel. Er trug ein Gewand aus Wolle, die noch schimmernder war als die Wolle von Witok, und er hat vom Frieden und von einem Kind gesprochen." — Crispus war sehr erschreckt. „O Witok", rief er, „hilf mir. Es gibt nicht nur Wolle und Schafe, es gibt auch Engel. Und es war mir, als ob ein Engel eine riesengroße Schafherde am Himmel weidete. In der Mitte war *dein* Lamm. Ich will auch hingehen zu diesem Kind, das diese Herde hat."

„O Großvater", rief Lea, die etwas abseits geschlafen hatte, „ich träumte von einem Paradiesgärtlein voll Rosen und Honig und vielen Bienen, die wie geflügelte Engel waren, und in der Mitte war ein Erzengel wie eine Bienenkönigin. Ich ging mit Gallus in diesem Garten, und der Erzengel wies uns zu einem Haus, in dem ein Kind geboren war . . ."

„Wir müssen rasch zu dem Kind gehen, das unser König ist", rief Sedo jetzt.

„Was können wir ihm mitbringen", fragte Lea. „Ich habe meinen Honig, aber ihr?" — „Ich schenke ihm das Lamm, das mir der Herr zurückgegeben hat", sagte Witok. „Und ich schenke ihm die Wolle, die ich von dir habe", sagte Gallus. Sedo aber nahm eine Flasche voll Milch als Geschenk für das Kind mit, die er am Abend gemolken hatte. Der geizige Crispus war wie verwandelt und wollte dem Kind den teuren Pelzmantel schenken, den er selber trug.

Es war immer noch ein Glanz am Himmel und der große Stern und die Stimmen der Engel. Und als sie ihre Geschenke gerichtet hatten, sprachen die Hirten untereinander: „Laßt uns nun gehen gen Bethlehem und die Geschichte sehen, die uns der Herr kundgetan hat." Und sie kamen eilend und fanden beide, Maria und Joseph, dazu das Kind in der Krippe liegen. Da sie es aber gesehen hatten, breiteten sie das Wort aus, das zu ihnen von diesem Kinde gesagt war. Und alle, vor die es kam, wunderten sich der Rede, die ihnen die Hirten gesagt hatten.

Die Geschichte von den Königen

Im Morgenlande lebten vor Zeiten drei Könige, deren Reiche aneinander grenzten und die miteinander sehr befreundet waren. In der Hauptstadt eines jeden Reiches stand ein stattlicher Tempel und mit dem Tempel verbunden eine Sternwarte. Denn die drei Könige waren sehr sternkundig. Und jeder von ihnen hatte einen Sterndeuter als Ratgeber zur Seite. Die Sternwarte des ersten Königs stand neben dem Tempel und war ein hoher Turm. Der zweite König hatte seine Geräte und Tabellen in einem Saal, dessen Decke zu öffnen war, so daß die Sterne hineinschienen. Der dritte König aber, der ein Mohrenkönig von schwarzer Farbe war, hatte seine Sternwarte unter die Erde gebaut. Wer am Tage aus einem Brunnenschacht oder von einem dunklen Keller aus zum Firmament emporblickt, kann auch am Tage die Sterne am Himmel stehen sehen, deren Anblick uns über der Erde das Sonnenlicht verdeckt. So konnte der Mohrenkönig von Gängen und Schächten unter der Erde aus, die er angelegt hatte, und die tiefer als ein Brunnenschacht oder ein Keller waren, die Sterne bei Tage und bei Nacht beobachten.

Die drei Könige liebten sich wie Brüder. Sie bewahrten aus Urzeiten ein Geschenk, von dem sie aber nur, wenn sie zusammen waren, Gebrauch machen konnten. Es war ein kostbares Kästchen, in dem drei Schreine ineinandergefügt waren, einer aus Gold, einer aus Silber und einer aus Kupfer. Jeder der Könige besaß einen Schlüssel für eine der Hüllen, der erste den goldenen, der zweite den silbernen und der Mohrenkönig den kupfernen Schlüssel. Wenn sie nun alle drei beisammen waren und das Kästchen zur Zeit der heiligen zwölf Nächte in einem der Tempel stand, so konnten sie es öffnen. Und dann fanden sie in dem Kästchen Botschaften, Orakeln ähnlich, die für sie und das Leben ihrer Völker von größter Wichtigkeit waren.

Die drei Reiche waren sehr verschiedener Art und mit verschiedenen

Gütern gesegnet. Das Reich des ersten Königs war öde. Es lag an einem ausgetrockneten See. Jedoch konnte aus dem alten Boden viel Salz gewonnen werden, und das Volk betrieb einen Handel mit Salz, besonders mit den großen Reichen der beiden befreundeten Könige. Das Reich des mittleren Königs war fruchtbar und von schönen Strömen durchzogen. Dort gab es Palmen, Korn und Wein, und viele Herden hatten Futter auf den Weiden, die an den Flußufern lagen. In dem Reich des Mohrenkönigs aber gab es Bergwerke, wo Kupfer und Eisen gefördert wurde. Das Volk hatte gelernt, aus dem Eisen Geräte zu verfertigen, und so wanderten auf den Strömen des mittleren Reiches, wenn die Karawanen des dritten Königs angekommen waren, die Eisengeräte, die Pflüge und Schwerter in die andern Königreiche; Korn, Wein und Salz kamen dafür zurück.

Die Völker der drei Reiche hatten viel durch die geheimnisvollen Botschaften des wunderbaren Kästchens gelernt. Als es einmal in der heiligen Zeit des Jahres im Tempel des Mohrenkönigs gestanden hatte, und dort befragt wurde, hatte es eine seltsame Auskunft gegeben: „Macht das Eisen zum Schiff und fahrt damit auf das Meer der Erde, und ihr werdet hundertfältige Frucht auf den Äckern haben." Die Sterndeuter und Könige hatten lange nachgedacht und der Mohrenkönig hatte es dann wörtlich befolgt, und auf diese Weise war der Pflug erfunden worden. Doch war die Landwirtschaft des mittleren Reiches noch immer sehr einfach, und die Menschen zogen selber die Pflüge über das Land. Da hatte das Orakel in einem der folgenden Jahre, als es im Tempel des mittleren Reiches stand, gelautet: „Laßt vor dem Pflug vier Füße gehen. Alle wollen helfen." Das war auch nicht ganz einfach zu verstehen. Zuerst dachten sie, es sollen zwei Menschen, die zusammen vier Füße haben, vor dem Pflug gehen, bis der Sterndeuter daraufkam, daß Tiere, die vier Füße haben, den Pflug ziehen können. Von da an wurden die Büffel und Kamele für die Arbeit auf dem Acker dienstbar gemacht.

Auch für das Reich des ersten Königs war eine hilfreiche Botschaft auf dem gleichen Wege gekommen. „Ihr sollt den Sand eures Landes waschen, das wird euch Glück und Heil bringen." Wer sollte das ernst nehmen, wer

sollte das verstehen? — Es wurde aber durchgeführt, und beim Waschen des Sandes entdeckte man, daß er Gold mit sich führte. Durch das Gold war das Reich des ersten Königs zu großem Reichtum gekommen. Denn alle Völker wollten es für ihre heiligen Tempelgefäße haben, da es wie ein Abglanz der Sonne war, und tauschten gern ihre Waren für das Gold.
In einem der folgenden Jahre aber fanden sie als Kunde, die das Kästchen gab, die Worte: „Gold, Weihrauch und Myrrhe werden Helfer sein." Darüber hatten sie nun keine Entdeckung machen können, soviel auch jeder nachdachte. Sie wußten nur, daß im Lande des ersten Königs das Gold zu Hause war und bei den feierlichen Tempeldiensten geopfert wurde, daß Weihrauch das Räucherwerk im Lande des mittleren Königs war und die edle, seltene und kostbare Myrrhe als Opfer- und Heilpflanze in dem Lande des Mohrenkönigs in hohem Ansehen stand.
In jenem Jahr trat ein unglückliches Ereignis ein, welches das Zusammenleben der Könige von Grund auf veränderte und zerstörte. Die Könige trafen sich nämlich öfter in feierlichen Zusammenkünften, auf denen sie die Ergebnisse ihrer Sternkunde verglichen und sich gegenseitig unterrichteten. Die Zusammenkünfte waren durch Jahre hindurch sehr fruchtbar gewesen; aber das hatte sich gerade zu der Zeit, als jene rätselhafte Botschaft ihnen zukam, leider sehr geändert. Es waren Unstimmigkeiten zwischen den Königen und ihren Sternweisen entstanden, welche die Zusammenkünfte immer mehr zu Streitgesprächen werden ließen. Denn die Könige waren durch das Forschen am Himmel im Lauf der Jahre seltsamerweise zu ganz verschiedenen Ergebnissen gekommen.
Der erste König, der wohl der weiseste von allen war, hatte alles zusammengestellt, was er selber wußte und was durch die Tabellen seit Jahrtausenden in seinem Lande aufgezeichnet war. Er war zu der Erkenntnis gekommen, daß alles, was auf der Erde geschieht, schon vorher im Lauf der Gestirne vorbestimmt ist. Der König und sein Sterndeuter kannten jeden Stern, der am Himmel leuchtete, und wußten genau, zu welchen Zeiten jeder auf- und untergehen mußte. So hatten sie auf der Zusammenkunft der Könige die Meinung dargestellt, daß der Gang der

Gestirne für alle Zeiten festläge und daß die Menschen an ihrem Schicksal, das ein Spiegel der Sternstellungen ist, nichts ändern könnten, so sehr sie sich auch darum bemühten.

Dagegen hatte der Mohrenkönig und sein Weiser den heftigsten Einspruch erhoben. „Gerade das Gegenteil habe ich beobachtet", rief der Mohrenkönig feurig. „Gar viel geschieht auf der Erde, was sich erst nachträglich in die Sternenwelt einschreibt. Ja es wird immer mehr so kommen, daß die Menschen auf der Erde Handlungen tun, die danach in der Sternenschrift am Himmel zu lesen sind, so daß sogar die Gestirne ihnen dienen müssen. — Auf jeden Fall aber hat die Erde ihr eigenes Gesetz und ihre eigene Kraft!" Diese Anschauung des Mohrenkönigs erschien dem König des ersten Reiches nicht nur falsch, sondern geradezu gefährlich. Diese Verschiedenheit und der Streit darüber waren schon durch Jahre sichtbar geworden, an diesem Tag aber hatte er immer heftigere Formen angenommen, bis zuletzt der erste König, den Mohrenkönig ablehnend, laut rief: „Du magst ja das eine oder andere von deinen schwarzen Bergwerken verstehen, aber den Gang der Gestirne, das weiß ich jetzt sicher, wirst du nie wirklich begreifen können!" Auf diese Worte hin war der Mohrenkönig aufgebrochen und nie wiedergekommen, und so hatte dieser Streit zu einem völligen Bruch zwischen den Königen geführt.

Der König des mittleren Reiches hatte sich um den Frieden bemüht, aber vergeblich. Er war mit seinem Weisen ebenso unermüdlich im Anschauen der Gestirne und glaubte, oft beobachtet zu haben, daß Ereignisse, die zuerst am Himmel eingeschrieben waren, später auf der Erde eine Wirkung ausübten; aber ebensooft auch den andern Fall, daß auf der Erde etwas geschah, von dem bald darauf eine Spur im Sternenhimmel sich eingegraben fand. Während die beiden andern Könige ihre Meinung leidenschaftlich vertreten und zu dem Bruch gedrängt hatten, wäre für diesen König eine Trennung nicht nötig gewesen. Aber jeder von den beiden andern Königen verlangte, er solle sich ganz zu der von ihm vertretenen Meinung bekennen, sonst müßte auch zwischen ihnen jede Gemeinschaft aufhören.

Die Könige brachen von da an jeden Verkehr untereinander ab, nachdem sie sich so über ihre Weltanschauungen entzweit hatten. Diese Trennung hatte aber auch für ihre Länder die übelsten Folgen. Denn wie der Verkehr der Könige untereinander, so hatte auch Handel und Wandel zwischen den Völkern völlig aufgehört, da er von den Königen verboten wurde. So blieb das Erz im Lande des Mohrenkönigs liegen, das Nachbarland entbehrte die Pflüge, und im Lande des Mohrenkönigs fehlte das Korn, das sonst für die Eisenwaren eingetauscht wurde. Beide Länder aber hatten kein Salz und Gold mehr, das sie immer von dem ersten König eingehandelt hatten. Dort aber war ebenso ein Mangel an Getreide wie im Reich des Mohrenkönigs. Aber trotz dieser Folgen beharrten die Könige auf ihrem Streit.

Seit sie sich aber getrennt hatten, war keiner der Könige mehr glücklich, sondern sie waren alle drei von einer tiefen Traurigkeit befallen. Der erste König stieg, wenn ihn das Leid übermannte, auf seinen Turm. Dort vergaß er das Leid, das von der Erde kommt und von den Mißverständnissen der Menschen untereinander. Und der Anblick des Firmamentes vermochte ihn oft zu trösten.

Am meisten litt der König des mittleren Reiches, der der gütigste unter ihnen war, unter den veränderten Verhältnissen. Oft saß er in dem Saal, dessen Decke zu den Gestirnen offenstand und von dem aus er sein Land weit übersehen konnte, und betrachtete gramvoll die Flüsse, auf denen nicht wie früher die stolzen, hochbepackten Schiffe fuhren; denn diese lagen leer und einsam im Hafen. Um seinen Gram ertragen zu können, mußte der König oft allein sein, und er verlor in dieser Zeit ganz die Verbindung zu seinem Volk.

Der Mohrenkönig aber, wenn ihn das Leid anpackte, stieg in seine Bergwerke und sah die Massen geförderten und getürmten Erzes, und dann tobte er. Man hörte, wie er seine Diener und Arbeiter ausschalt, ja er wurde in seinem Zorn sogar grausam zu seinen Untertanen, so daß niemand ihm mehr nah zu kommen wagte. Am Abend ging er in seine unterirdische Sternwarte und trieb Sternenkunde.

Am schwersten war dieser Zustand zu ertragen, wenn die heilige Zeit des Jahres mit den heiligen Nächten heranrückte, die die Könige sonst immer gemeinsam verbracht hatten und in der sie so oft Spruch und Hilfe für das kommende Jahr gefunden hatten. Daran war nun nicht mehr zu denken. Denn das Kästchen konnte ja nur geöffnet werden, wenn sie alle drei beisammen waren. Jeder hatte seinen Schlüssel, aber der Schlüssel nützte dem Einzelnen nichts.

Der Mohrenkönig hatte trotz seines heftigen Gemütes guten Willen und ein gutes Herz. So schwer es ihm fiel, die hochmütigen Worte zu vergessen, die der König des ersten Reiches ihm damals zugerufen hatte, so wäre er doch schon längst zur Versöhnung bereit gewesen, wenn der andere den ersten Schritt getan hätte.

Einmal war der König wieder einsam in seinem Tempel und der Opferweise hatte ihm die Myrrhe, das köstlichste Opferwerk des Landes, gebracht. Der König versenkte sich ins Gebet, und der Duft der wohltätigen Myrrhe durchströmte ihn ganz. Die Wirkung der Myrrhe besänftigt das Gemüt. Und als die Opferhandlung des Gottesdienstes kam, gelobte der Mohrenkönig: „Ich werde meinen Zorn vergessen. Ich will die Verbindung mit meinen Bruderkönigen wieder herstellen."

Noch lag die Myrrhe auf dem Opferaltar, da kam der sternkundige Weise aus der Sternwarte in der größten Bestürzung in den Tempel und verkündete dem König, daß ein neuer Stern aufgegangen sei und sich mit größter Geschwindigkeit der Erde nähere. „Dieser Stern", rief er, „widerspricht allem, was wir in langer Arbeit gefunden haben. Ist es doch, als ob uns vom Himmel allein ein Ereignis zukäme." Der König, der sogleich in die Sternwarte eilte, mußte die Beobachtung bestätigen. Auch er sah einen Stern, der sich mit niegekannter Geschwindigkeit der Erde näherte, bis er an einem Ort stillzustehen schien. Alsbald erschien in dem Stern das Bild einer Jungfrau mit einem Kinde, so daß dies Geschehen dem widersprach, was sie bei dem Streitgespräch mit den andern Königen so heftig dargestellt hatten.

„Wir müssen sofort aufbrechen und das Land besuchen, in dem der Stern scheint und das Kind geboren ist", rief der König. „Und dann will ich zu meinen Bruderkönigen eilen und ihnen sagen, daß ich mich in meiner Meinung geirrt habe." Voll Freude machte sich der Mohrenkönig auf den Weg und nahm die kostbare Myrrhe als Geschenk für die Jungfrau und das Kind mit.

Zur gleichen Stunde saß der König des mittleren Reiches in seinem Saal, einsam in seinem Schmerz. Vor ihm lagen die Körner des Weihrauchs, und er entzündete sie zum Opferfeuer. Als er die leichten Wölkchen verfolgte, in denen der Weihrauch duftend und schön emporstieg, da begann auch in seiner Seele der Gram sich zu lösen. „Ich muß die Könige versöhnen können", sprach er, „ich muß es nur wagen. Ich muß meinen Schmerz vergessen und handeln."

Er hatte seinen Vorsatz noch nicht zu Ende gedacht, als sein Sternkundiger von der Sternwarte kam, der dort, wie es zu diesen Zeiten üblich war, während des Gottesdienstes die Zeichen am Himmel verfolgen sollte: Er sprach ihm mit der größten Verwunderung von einem Stern, der plötzlich so groß und strahlend am Himmel sichtbar geworden war. Sie sahen in dem Stern das Bild einer Jungfrau mit einem Kinde. „Laß uns eilends aufbrechen", sagte der König. „Der Stern zeigt eine neue Zeit an. Wir wollen die Jungfrau mit dem Kinde aufsuchen und dann unsern Bruderkönigen von dem Geschehen berichten. Das wird die Wende zum Guten in unserm Zusammenleben bringen."

Auch der erste König hatte oft an die andern denken müssen. Aber wenn er dann über seinen Büchern saß, verhärtete sich sein Sinn wieder, er wurde hochmütig und wollte nichts von denen wissen, die anders dachten als er. Aber das Gold übte eine wohltätige Wirkung auf ihn aus. Als es einmal im Höhepunkt der Opferhandlung im Lichte des Altars glänzte, da sagte er zu sich: „Was nützt mir die Weisheit, wenn sie meine könig lichen Brüder nicht verstehen können? Wüßte ich doch einen Weg, um den Frieden mit ihnen wieder zu erlangen."

Während er in solche Gedanken versunken war, eilte der Weise, der auf dem Turm gearbeitet hatte, in großer Aufregung in den Tempelraum und verkündete dem König, daß ein Stern aufgegangen sei, der nicht in den Büchern verzeichnet stünde, ein Stern, der allem widerspräche, was sie bisher von den Sternen geglaubt hätten. Sie konnten noch feststellen, daß der Stern in Judäa, in der Nähe von Jerusalem stehen mußte. Auch ihnen wurde in dem Stern das Bild der Jungfrau mit einem Kinde sichtbar. Da beschloß der König, sich sogleich auf den Weg zu machen, um zu erfahren, was es mit dem Stern für eine Bewandtnis habe. Die Verwaltung des Reiches übergab er für diese Zeit seinem Sterndeuter.

Er begab sich mit einer Karawane und reichen Schätzen aus Gold auf den Weg und wanderte, ohne die Reise zu unterbrechen, in der Richtung, in welcher der Stern aufgeglänzt war. In der Morgendämmerung eines Tages bemerkte er, daß ganz in seiner Nähe noch zwei andere Karawanen mit Königen unterwegs waren. Mit großem Erstaunen wurde ihm klar, daß sich auch die beiden andern Könige auf den gleichen Weg gemacht hatten. Jeder der drei Könige wollte zunächst seine Würde wahren, und die Verlegenheit bei der Begegnung war nicht gering. Aber da fing der lebhafte Mohrenkönig schon an, ganz offen von seinem Irrtum zu sprechen, und der König des mittleren Reiches wußte die beiden anderen freundlich zu verbinden.

Nun teilte jeder den andern mit, wie bei ihm der Stern erschienen war, und der weise erste König mußte sagen, daß auch für ihn durch diesen Stern die Gesetze durchbrochen seien, die er bei ihrer letzten Zusammenkunft vertreten habe. Sie erkannten gemeinsam, daß eine ganz neue Zeit für den Sternenhimmel und das Erdenleben eingetreten sein müsse durch das Kind und seine Geburt, die der Stern angezeigt hatte. So versöhnten sich die Könige durch das, was sie an dem Stern erfahren hatten. Dann beschlossen sie, ihren Weg gemeinsam fortzusetzen.

Weil es aber die heilige Zeit des Jahres war und weil sie das Kästchen und seine drei Schlüssel dabei hatten, da sich keiner der Könige von diesen Kostbarkeiten je trennen durfte, so wollten sie versuchen, ob sie noch einmal eine Weissagung und eine Hilfe wie in früherer Zeit erhalten könnten. Sie meinten alle, daß es nicht möglich sei, da sie sich ja in keinem der drei Tempel befänden. Da es sich aber um ein so außergewöhnliches Ereignis handelte, versuchten sie es doch. Und siehe da, als sie nach der feierlichen Kulthandlung an das Kästchen traten, da ließ es sich öffnen, und sie fanden eine Botschaft darin. Die Worte waren wie früher in einer besonderen, nur den Sternkundigen und Königen zugänglichen Bilderschrift geschrieben. Und sie lasen: „Gold, Weihrauch und Myrrhe hat euch verwandelt. Der Tempel ist jetzt überall dort, wo man auf dem Weg zu dem Kinde ist. In Zukunft wird nur noch das Kind sprechen."

Da waren die drei Könige von großer Freude erfüllt, und sie wußten nun auch durch die Botschaft des Kästchens, daß eine neue Zeit angebrochen war.

Die drei Könige wanderten in großer Eile die vierhundert Meilen Weges bei Tag und Nacht, bis sie zu dem Haus in Bethlehem kamen, über dem der Stern stand und zu dem der Stern sie geführt hatte.

Sie beugten ihre Knie vor dem Kind und holten ihre Geschenke hervor und opferten dem Kinde Gold, Weihrauch und Myrrhen.

Als der erste König das Gold opferte, da gab er vor dem Kinde auch alles hin, was er an hochmütigem Denken in sich gehabt hatte. Mit wundersamer Kraft durchströmte ihn die Weisheit, die aus den Augen des Kindes leuchtete. Als der zweite König den Weihrauch opferte, da fühlte er, wie sich sein Herz mit Mut und Tatkraft erfüllte, er wollte über die Erde wandern und allen Menschen von dem Kinde und seiner Liebe künden.

Als der Mohrenkönig die Myrrhe opferte, da fühlte er sein Herz und seinen Willen von tiefem Frieden durchdrungen. So wußte jeder der Könige seine Kräfte verwandelt. Jeder empfand, daß dieses Kind allen Streit stillen und alle Menschen verbinden konnte.

Von da an lebten die Könige wieder in Frieden miteinander. Die Reiche tauschten aus, was sie hatten, und die Völker genossen den Segen dieses Friedens. Aber in Indien wird noch heute das Kästchen gezeigt, durch das einst so wunderbare Botschaften für die Könige und Völker gegeben worden waren.

Die Geschichte vom Esel

Asam war ein treuer Knecht, und es war gut, daß er auf der Mühle war; denn sein Herr, der Müller, war ein strenger und jähzorniger Mann. Das bekam besonders der junge Esel zu spüren, der die Säcke für die Mühle tragen mußte. Die Eselin war bei der Geburt des Esels gestorben, und darum hatte Asam den jungen Esel besonders gut gepflegt. Aber er konnte nicht verhindern, daß der Müller, als der Esel kaum ein Jahr alt war, ihm schon die Säcke auf den Rücken legte und ihn schlug, da er sich nicht gleich an die harte Arbeit gewöhnen konnte.

Als der Esel einmal wieder voll bepackt auf dem Heimweg vom Dorf zur Mühle war, stand vor einem der letzten Häuser noch ein Sack, der in die Mühle mußte. Der Müller nahm ihn und warf ihn zu den anderen auf den Rücken des Esels. Jetzt war die Last zu schwer. Als der Esel unter ihr zusammenbrach, wurde der Müller zornig, fluchte laut und schlug auf das arme Tier ein. Bei dem Lärm war der Bauer aus dem Haus getreten. „Laßt den Sack zum nächstenmal; es ist zuviel für das Tier", versuchte er den Müller zu beschwichtigen. „Und ich sage, er ist nur störrisch", rief der dagegen. Auch aus dem Nebenhaus, wo ein Zimmermann seine Werkstatt hatte, waren die Bewohner getreten, und die Frau des Zimmermanns hatte Mitleid mit dem jungen Esel. „Lieber Müller", sagte sie, „könnt ihr uns nicht diesen Esel verkaufen? Wir brauchen gerade einen Esel." Der Müller, der wußte, daß er das Tier heruntergebracht hatte, war gleich bereit. „Wenn ihr mit mir in die Mühle kommt", antwortete er, „können wir dort den Handel abschließen. Aber es ist ein teures Tier", setzte er noch hinzu. „Es ist eine Eselin."

Die junge Frau trat zu dem Esel und streichelte ihn und siehe da, er fühlte Kraft und konnte aufstehen und ging neben den beiden zur Mühle. Als Asam von dem Handel hörte, der abgeschlossen werden sollte, wurde er aufgebracht und rief: „Wenn ihr den Esel verkauft, Müller, dann werde ich euch auch verlassen." Denn er wollte nicht, daß das junge Tier zu einem Herrn käme, der vielleicht ebenso hart wie der Müller war, und dann keinen dort hätte, der ihn am Abend pflegen konnte, wie er, Asam, es hier tat. Als er aber die Frau sah, wurde er still. Es war eine junge Frau, und sie hatte ein so liebliches und gütiges Antlitz, wie er noch keines gesehen hatte. „Euch fällt der Abschied von dem Tier schwer", sagte die Frau freundlich. „Aber gebt ihn mir nur. Wenn der Herr es will, werdet ihr den Esel und mich schon zur rechten Zeit wiedersehen."

So kam der Esel zu dem Zimmermann Joseph nach Nazareth, und er hatte keine so schweren Lasten mehr zu tragen und wurde immer gütig behandelt. Nicht lange nach dem Kauf mußte das Ehepaar eine längere Reise von Nazareth nach Bethlehem unternehmen, und auf dem Wege dorthin ritt die junge Frau auf dem Esel. Neben dem Esel trabte ein Ochse, den das Ehepaar schon vorher besessen hatte, und der Ochs und der Esel waren bald die besten Freunde geworden.

In Bethlehem geschahen seltsame Dinge. Man wohnte nicht wie sonst, das Ehepaar in einem Haus und Ochs und Esel in einem Stall, sondern sie nahmen alle zusammen in einem Stall Herberge. – Die Tiere fühlen, wie es den Menschen geht, die um sie sind. Und so merkten der Ochs und der Esel wohl, daß es ihrer Frau nicht gut ging. Es war eine kalte und dunkle Nacht, und nur eine kleine Laterne, die ein guter Wirt gebracht hatte, gab ein spärliches Licht in dem dämmerigen Stall. Der Ochs und der Esel schauten ihre Frau mit großen guten Tieraugen besorgt an.

Auf einmal wurde es ganz hell in dem Stall und ganz warm. Man sagt, daß Esel und Ochsen unmusikalisch sind. Aber es ist doch fast sicher, daß dieser Esel und dieser Ochse in jener Nacht die wunderschöne Musik und den Gesang hörten, der weit und breit um den Stall, der etwas abseits von dem Städtchen lag, ertönte. Bald entdeckten der Ochs und der Esel, daß sie nicht mehr mit ihrer Frau allein waren, sondern daß ein Kind geboren worden war. Das Kind lag in der Krippe, und es ging ein wunderbarer Schein von dem Kind aus. Der Ochs und der Esel waren gewiß die ersten, die das Christkind in dieser Nacht gesehen haben; denn Joseph war unterwegs, um eine bessere Herberge zu suchen. Der Ochs und der Esel freuten sich, daß das Kind in ihrer Krippe lag, und sie traten herzu und neigten ihre schweren Köpfe vor dem Kind. Sie spürten, daß es der Frau wieder gut ging; denn sie saß an der Krippe bei dem Kindlein und sang.

Überall um den Stall wurde es jetzt lebendig. Vom Schafstall daneben kamen zwei Schafe und stellten sich auch neben die Krippe. Ein Kamel, das in der Nähe geweidet hatte, kam herzu und ließ sich fromm an der Krippe nieder. Auf leisen Sohlen trat eine Antilope aus dem Gebüsch, ein Hase hoppelte herein, und zwei Mäuschen saßen kerzengerade auf dem Rand der Krippe. Durch die Wärme waren die Bienen des nahen Bienenstandes erwacht und flogen und summten in dem warmen, goldenen Schein.

Der Esel stand als nächster an der Krippe, und das Kind streichelte seinen Kopf. Und jetzt fing das Kind an, zu den Tieren zu sprechen; denn es konnte von der ersten Stunde an sprechen. Und nur die Mutter Maria und die Tiere hörten, was es zu den Tieren sprach. Die Tiere klagten dem Kinde ihr Leid, wie sie von anderen Tieren und den Menschen verfolgt seien und von den Menschen oft mißhandelt. Auch der Esel erzählte von dem Müller und seinen harten Schlägen. Und die Tiere verstanden in dieser Nacht, daß ein Helfer für die ganze Welt gekommen war, für alle Menschen und auch für die Tiere. „Du bleibst jetzt bei mir, mein lieber Esel", sagte das Kind. „Aber wenn du einmal zu deinem Herrn zurückkehrst, wirst du sehen, daß du es besser als früher bei ihm haben wirst. Und so wird auch die Zeit kommen, wo alle Tiere ein anderes Leben führen als jetzt, da sie den Menschen dienen."

Nicht lange danach kam Joseph zurück, und es kamen Hirten vom Felde mit Geschenken und beteten das Kind an. Und auf hohen Kamelen kamen Könige aus fernen Ländern, die auch niederknieten und das Kind anbeteten.

Es waren besondere Tage. Dann verstummte die Musik und die Nächte waren wieder still und dunkel wie vorher. Tiere schlafen nicht so fest wie die Menschen, und so bemerkte der Esel in einer Nacht einen hellen Schein und hörte eine Stimme, die mit Joseph und Maria sprach. Der Esel spitzte die Ohren, denn es war von einer großen Reise die Rede. „O Gott, wo sollen wir hin in der Nacht in einem Land, das uns ganz unbekannt ist", brummte der alte Joseph. Aber die Mutter Maria sagte: „Wie gut, daß wir unseren Esel haben." Und sie stand mitten in der Nacht auf, daß die beiden Tiere ganz verwundert waren, und nahm das Kind aus der Krippe. „Leb wohl, lieber Ochse", sagte Maria. „Ein Engel hat uns befohlen, daß wir heute Nacht noch aufbrechen und ins Ägyptenland fliehen sollen. Du wirst es gut haben bei dem Wirt, dem dieser Stall gehört; aber den Esel brauchen wir zum Reiten." Und so mußten sie alle mitten in der Nacht fliehen.

Dem Esel war dies alles wie im Traum geschehen. Er fühlte keine Last, als er das Kind und seine Mutter trug, im Gegenteil, es war ihm, als ob er Flügel hätte, so leicht konnte er traben, und er fand auch sicher den Weg, den sie gehen mußten, ja es war ihm, als würde sein Weg von unsichtbarer Hand gelenkt.

Aber die Reise war doch schwieriger, als sie zuerst gedacht hatten. Denn der Esel merkte bald, daß das Ehepaar von wilden Kriegsknechten verfolgt wurde und daß sie es auf das Kind abgesehen hatten. Wie durch ein Wunder wurden sie oft errettet. Und auch der Esel durfte einmal der Helfer des Vaters im Himmel werden, daß das Kind vor seinen Verfolgern bewahrt wurde. Man hatte die Reiter zu spät entdeckt. Maria hatte das Kind noch schnell zwischen Steine gelegt und Zweige darübergedeckt und sich selbst hinter einem Baum verborgen. Da waren sie schon da. „Hier ist der Esel", rief der erste triumphierend, „diesmal können sie uns nicht entgehen." — „Wir brauchen gar nicht selbst zu suchen", sagte der zweite, „der Esel weiß, wo sie sind, wir müssen ihm nur folgen." Da wußte das Eselchen, was es zu tun hatte, und sprang pfeilgerade in der entgegengesetzten Richtung, lockte die Reiter hierhin und dorthin und rannte zuletzt so, daß die Reiter kaum folgen konnten und ermüdet von der Verfolgung abstehen mußten.

Die Jahre in Ägypten waren sehr glücklich für den Esel. Denn er war das Reittier und der liebste Spielkamerad für den Jesusknaben. Als aber der König Herodes, der sie hatte verfolgen lassen, gestorben war, ging die Familie wieder nach Palästina zurück, und auf der Reise trug der Esel wieder die Mutter Maria und ihren Knaben. Sie lebten nach der Rückkehr wie vorher in Nazareth, und der Esel half dem Zimmermann. Er wurde an einen Wagen gespannt und mußte Balken zum Bauplatz tragen.

Aber eines Tages veränderte sich das alles. Der Zimmermann hörte mit seiner Arbeit auf, da er zu alt geworden war. Der Knabe, der ein Mann geworden war, zog von Nazareth weg in die weite Welt, und für den Esel gab es keine Arbeit mehr. Was sollte er nun tun? Der Esel wußte genau, was er zu tun hatte. Er mußte zurück zur Mühle und zu dem alten, strengen Müller und zu Asam, dem Knecht.

Wie war es aber auf der Mühle inzwischen weitergegangen? Dem neuen Esel, den der Müller gekauft hatte, war es noch schlechter gegangen als dem Esel vorher. Er war so von Kräften gekommen, daß er starb, und nicht nur mit dem Esel, sondern mit der ganzen Mühle war es unter dem jähzornigen Herrn immer mehr abwärts gegangen. Er hatte allmählich alle Knechte entlassen müssen, und nur der treue Asam war bei dem Müller geblieben.

Als die beiden einmal beisammensaßen und das Unglück bedachten, das über die Mühle gekommen war, sagte Asam: „Eigentlich ist doch alles erst so schlecht geworden, seit wir unsere junge Eselin verkauft haben. Ich würde gerne wissen, was aus ihr geworden ist und aus der Frau, die ihn gekauft hat." Der Müller, der inzwischen manches eingesehen hatte, antwortete: „Du hast recht. Ich bin schuld, das alles so gekommen ist. Wäre nur der Esel wieder da, ich wollte ihn schon gut behandeln." Und wie der Müller das sagte, hörten sie ein deutliches I-A vor dem Hause, als ob ein Esel riefe, so daß beide Männer beinah erschraken. Sie gingen vor die Tür, und da stand wirklich ein Esel im Schatten der Hauswand und wartete dort. „Es ist unser Esel", rief der Knecht freudig. „Ich erkenne ihn. Es ist wirklich unser Esel."

So begann der Esel von neuem seine Arbeit bei dem Müller, und als der Esel in der Mühle arbeitete, ging es in der Mühle wieder aufwärts. Kein Wunder, denn ein Esel, der das Christkind getragen hat, muß ja Segen in das Haus bringen, in das er kommt. Die Tiere sind so, wie ihre Herren zu ihnen sind. Der Müller war freundlich und geduldig, und der Esel war fleißig und gar nicht störrisch. Der Herr gewann den Esel lieb und der Esel seinen Herrn.

Als die Eselin wieder ein Jahr bei dem Müller war, bekam sie ein Füllen. Asam freute sich und liebte das Füllen und pflegte es, wie er schon die Mutter seiner Eselin und diese selbst gepflegt hatte, und nun wieder ihr Füllen. Das Füllen blieb immer bei seiner Mutter, und bei jeder Arbeit trabte es fröhlich in der Nähe der Eselin.

Mit dem Müller gab es jetzt aber doch dann und wann wieder Ärger. Als das Füllen zwei Jahre alt war, sollte es anfangen, Arbeit zu tun und Säcke zu tragen, wie es dort im Lande üblich war. Während sonst die Esel oft störrisch sind, sich aber doch zu ihrer Zeit die Säcke aufladen lassen, war bei diesem jungen Esel jeder Versuch umsonst. Das Tier gebärdete sich so, daß man gar keinen Sack auf seinen Rücken bringen konnte, geschweige denn selbst hätte aufsteigen und auf dem Tier reiten können, da doch in Palästina die Esel die wichtigsten Reittiere sind. Kaum berührte eine Last die Schulter, so machte das junge Tier einen Bocksprung und bewegte sich so heftig, daß die Last zu Boden fiel. Das Seltsamste an der Sache aber war, daß sogar die Eselin alles tat, um zu verhindern, daß Säcke oder Reiter dem jungen Esel zu nahe kamen. Das Tier, das sonst so sanft war, schlug dann mit den Hufen und stieß mit dem Kopf. Lieber ließ es sich selbst eine doppelte Last aufladen, als daß der junge Esel etwas zu tragen bekommen hätte.

„So einen unnützen Fresser kann ich auf meiner Mühle nicht brauchen", sagte der Müller eines Tages unwillig. Aber Asam wußte ihn zu beruhigen. „Das Futter kommt euch nicht teuer zu stehen", meinte er. „Vergeßt nicht, daß es in der ganzen Mühle aufwärts gegangen ist, seit wir unsere Eselin wieder hier haben. Es muß ein besonderes Tier sein, dem

man den Willen lassen muß." Der Müller brummte noch etwas, da er aber mit den Jahren ruhiger geworden war, ließ er es dabei bewenden.
Nur an einem Tag wurde die Sache noch seltsamer, und da konnte der Müller seinen Zorn nicht mehr bändigen. Die Eselin stand vor der Mühle, und der Müller wollte ihr wie sonst Säcke aufladen. Aber jeder Sack, den er der Eselin auf den Rücken legte, warf diese mit einer schnellen Bewegung wieder zu Boden. Der Müller schaute sich das ein paarmal an, dann packte ihn der alte Zorn. Er holte den Stock und wollte zuschlagen, als Asam dazukam. Nun versuchte der Knecht dem Tier die Säcke aufzuladen, aber es geschah das gleiche wie vorher. Die Eselin warf die Säcke gleich wieder herunter. Da sagte Asam zu seinem Herrn: „Ihr wißt, daß diese Eselin ein besonderes Tier ist. Sie muß etwas von uns wollen. Sie steht so da, als ob sie wollte, daß einer von uns aufsteigt und mit ihr wegreitet." Der Müller sah das ein. Da nun aber beide wissen wollten, was die Eselin vorhatte, so holte der Müller sein Pferd aus dem Stall, und Asam ritt auf der Eselin daneben. Das Füllen trabte fröhlich neben den beiden Reitern.
Die Eselin wußte wirklich ihren Weg und brachte sie rasch in die Nähe von Jerusalem. In einem Marktflecken gegenüber von Bethanien vor einem Gasthaus machte die Eselin halt, und auch das Füllen blieb wie angewurzelt stehen. Der Müller und Asam versuchten gar nicht, das Tier gewaltsam weiterzubringen. Sie banden vielmehr die Eselin und das Füllen außen an die Tür an der Wegscheide. Sie selber ließen sich nieder und nahmen ein Mahl in dem Gasthaus ein.
Sie hatten eben ihr Mahl beendet, da kamen zwei Männer des Weges, deuteten auf die beiden Esel, traten auf sie zu, lösten die Schnur und wollten die Tiere hinwegführen, als ob es ihre eigenen wären, die sie dort angebunden hatten. Da stand der Müller und Asam auf, und sie fragten die Männer: „Was macht ihr, daß ihr unsere Eselin und ihr Füllen ablöst?" Die Männer antworteten: „Der Herr bedarf ihrer." Da ließen es die beiden geschehen. Während der Müller im Gasthaus sitzenblieb und noch seinen Durst stillte, folgte Asam den beiden Männern und kam so nach

Bethanien. Dort fand er vor einem Haus, zu dem die Männer gegangen waren, die Frau, die einst dem Müller die Eselin abgekauft hatte. Sie war nun viel älter geworden, aber sie war doch noch lieblich anzusehen wie eine Jungfrau. Die Eselin und das Füllen aber drängten sich zu dem Sohn der Frau, der in der Mitte einer Gruppe von Männern stand. Die beiden Männer, die die Esel gebracht hatten, brauchten gar nicht zu sagen: „Herr, wir haben die Eselin und das Füllen gebracht, wie du es uns gesagt hast"; denn der Herr hatte seinen alten Esel schon erkannt, auf dem er als Kind so oft geritten war. Er streichelte ihm und dem Füllen Hals und Kopf. Die Augen der Tiere glänzten und sie bezeigten große Freude.

Nun sah Asam, daß die Jünger des Herrn dem Füllen ihre Kleider auflegten, um es als Reittier für den Herrn vorzubereiten. Er wollte noch rufen: „Gebt acht, es ist ein widerspenstiges Tier und läßt keinen reiten." Da war der Herr schon aufgestiegen, und Asam sah mit Staunen, daß das Füllen, das sonst keinen Reiter auf seinem Rücken geduldet hatte, den Herrn willig trug. Es ging sanft wie ein Lamm und bewegte sich mit langsamen, gleichmäßigen Schritten, als ob es sein Leben lang nichts anderes als das Reittier dieses Herrn gewesen wäre.

So kam es, daß dieser junge Esel zu der größten Ehre kam, die einem Tier zuteil werden kann. Das Füllen der Eselin durfte den Heiland tragen, als dieser nach Jerusalem ritt und das Volk ihn jubelnd begrüßte und rief: „Hosianna dem Sohne Davids!" Da die Eselin sich nicht von dem Füllen trennen konnte, gingen Asam und die Eselin mit den Jüngern in dem kleinen Zug.

Auch den Tod des Heilands haben sie miterlebt. Asam und die Esel standen nicht ferne, als das Kreuz aufgerichtet wurde, und Asam wurde einer der ersten Christen. Und wenn man es recht bedenkt, so ist das auch durch den Esel gekommen.

Und darum soll man zu den Eseln freundlich sein, weil es ein Esel war, der die Mutter Maria und das Kind auf der Flucht nach Ägypten trug, und weil das Füllen der Eselin den Heiland bei dem Einzug in Jerusalem auf seinem Rücken tragen durfte.